KB159554

망작들 2

노혜진 지음 | 정우열 & 이지영 그림

망작들 2

당신의 영화를 살 수 없는 이유

꿈꾼문고

차례

프롤로그

약 20년 전 처음 영화 일을 시작했을 때, 마침 한국 영화의 부흥기가 일어나고 있었다. 대학 졸업하기도 전에 한국 영화 최초의 해외 세일즈사에서 마케팅 및 홍보 일을 맡았고, 국제 영화제를 다니기 시작했다. 열정만 넘치고 정말이지 우린 너무 경험이 없고 무식했다.

성실한 우리 감독님들은 따뜻한 반응을 받았던 영화제 상영뿐만 아니라, 언론과 업계 관계자만을 위한 '마켓 스크리닝'에도 참석하시겠다고 했다. 당시 해외 일에 다들 초짜라 우린 말리지도 못했다. 감독님들은 '그냥 한번 보겠다'고 가셨다가 완전히 화가 나거나 상처받아서 오셨던 것이 생각난다.

왜냐하면 영화제 마켓 스크리닝이란, 해야 할 일과 봐야 할 영화에 비해 시간이 절대적으로 부족한 언론과 수입·배급업자들이 주로 참석하는 말 그대로 '시장판 상영'이라, 자기 영화가 아니다 싶으면 극장 의자 팡팡 튕기는 소리를 내면서 우다닥 나가버리는 사람들이 있기 때문이다.

영화의 작품성과는 상관이 없는 경우도 많다. 특히 수입·배급업자의 입장에선 작품이 얼마나 훌륭하냐 외에 고려해야 할 점이 많기 때문이다. '내가 담당하는 국가의 검열제도를 통과할 수 있을까', '우리가 주로 겨냥하는 관객한테 통할까', '내 예산에 비해 추가 마케팅 경비가 들어가야 할 것인가'부터 시작해서 '이거 우리 회사 기조에 맞나', '내 취향인가' 등등, 그중 근본적인 것 하나라도 안 맞는 것 같으면 빨리 극장을 나가 다음 가능성 있는 영화를 찾아야 할 경우가 있다. (물론 그냥 인간적인 오판이 섞여 들어갈 때도 있다. 이런 일은 영화가 아니라도 역사에 허다하지 않은가?)

그래서 꿈꾼문고에서 '망작들: 당신의 영화를 살 수 없는 이유' 기획을 들고 왔을 때 바로 옛날 그 일들이 생각났다. 마켓 스크리닝들, 심기가 불편하셨던 감독님들, 그리고 하염없이 무식하고 경험 없었던 우리 세일즈사 직원들……

어떻게 보면 좀 난데없는 작업이다. 이 시리즈의 원조인 리카르도 보치의 『망작들: 당신의 작품을 출간할 수 없는 이유』 기획에 따라 쓴 가짜 거절 편지들. (물론 영화 수입할 때 감독에게 직접 이런 편지 쓰는 일은 거의 없을 것이다.) 그런데 출판사의 의도대로 좋은 영화, 역사에 남을 영화, 영화를 사랑하게 하는 영화에 대해 한 번씩 상기시키거나 추천하려고 썼다.

아주 종합적인 리스트는 아니다. 이 책에 들어간 영화들은 무슨 소리를 해도 난공불락의 작품성이든 흥행성이든 위상이든 뭔가를 갖고 있다 생각되는 것들만 골랐다. 그리고 그걸 상기시키면서 감히 우스갯소리 거절 편지들을 만들어내 봤다.

그리고 요즘 다양한 영화 수입, 마케팅, 상영에 고전하는 세계 영화업계 관계자들을 생각하며 감히 동조와 응원을 보내는 마음으로 써봤다. 그분들이 이런 글을 어떻게 생각할지 조바심도 나지만, 조촐히 고마움을 전하고도 싶은 마음이다.

변변치 못한 글에도 불구하고 올드독 정우열 작가님과 이지영 작가님의 기발하고 창의적인 일러스트레이션 덕분에 책에 소장 가치가 생기는 것 같아 무한한 겸손과 고마움을 느끼면서 두 분께 감사드린다.

2019년 2월, 유럽 또 하나의 영화제를 마치며

노혜진

오슨 웰스

시민 케인

오슨 웰스 감독께

후세에 길이 남을 위대한 작품, 잘 봤습니다.

그런데…… 썰매……였다고요?

감당이 안 됩니다.

조지 루카스

스타워즈

조지 루카스 감독께

은하계를 제국으로부터 구하려는 반란군의 거의 신화적인 이야기, 아주 잘 봤습니다.

루크 스카이워커, 레아 공주, 한 솔로, 그리고 심지어 로봇인 C-3PO, R2-D2까지, 모두 너무나도 생생한 캐릭터들이었습니다. 우리 시대에 이런 특수효과 혁신을 일으키신 것도 축하드립니다.

그런데 저희 회사는 지금 장기적으로 관계를 맺고 투자할 수 있는 프랜차이즈 시리즈물을 찾고 있습니다. 〈스타워즈〉는 아닌 것 같습니다.

조지 루카스

스타워즈 에피소드 1-보이지 않는 위험

루카스 감독께

22년 전 저희 생각이 짧았습니다. 오리지널 〈스타워즈〉, 그다음에 이어진 〈제국의 역습〉, 〈제다이의 귀환〉은 가히 한 시대를 풍미한 삼부작이 됐고, 그 인기에 이어 올해 〈보이지 않는 위험〉으로 프리퀼까지 내시니 정말 존경스럽습니다.

그런데 이번 작품은 디지털 상영을 고집하신다고요? 디지털은 오래갈 수 없는 매체입니다. 널리 보급될 일도 없고요.

저희는 안타깝지만 또 패스입니다.

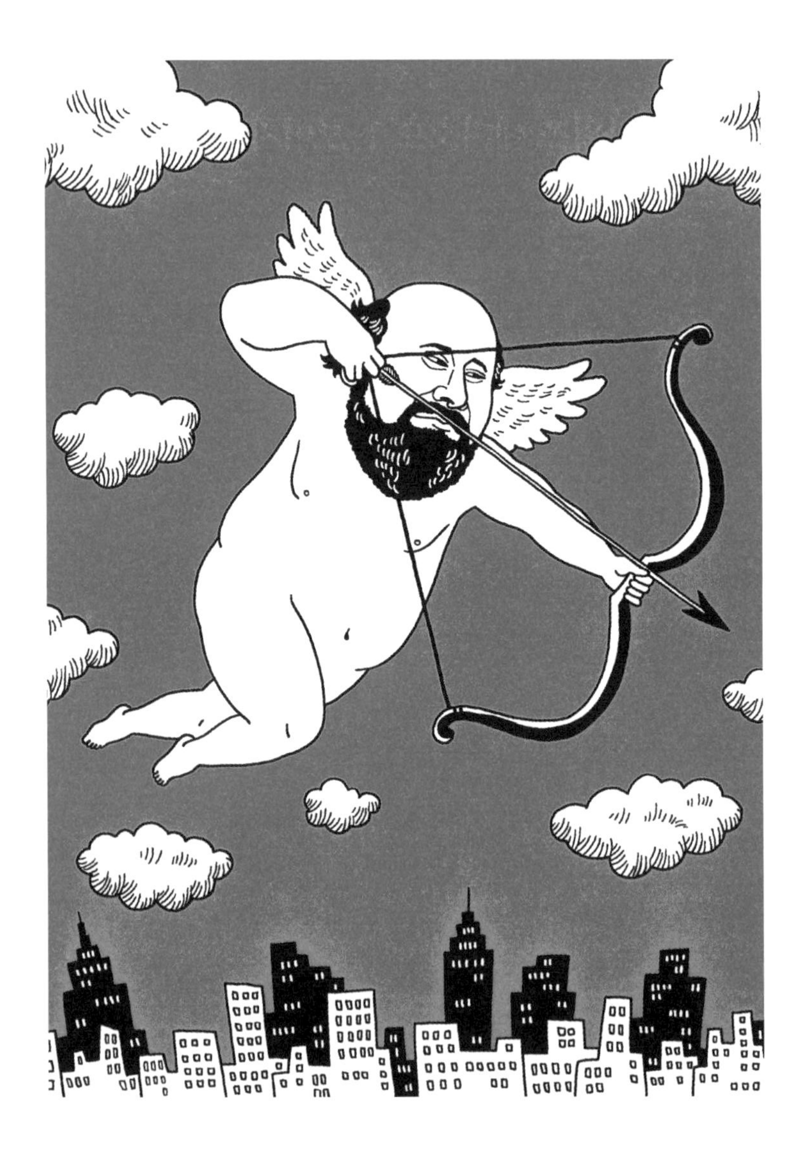

로브 라이너

해리가 샐리를 만났을 때

로브 라이너 감독께

영화 잘 봤습니다. 코미디언 빌리 크리스털과 만인의 귀여운 연인이 될 것 같은 멕 라이언, 그리고 뉴욕의 매력을 보여주는 위트 있는 로맨틱 코미디네요.

그런데 '남자와 여자는 친구가 될 수 있다'고 생각합니다. 꼭 연애를 하거나 헤어져야 하거나 둘 중 하나여야 합니까? 뭐, 꼭 그렇게 해리 캐릭터의 가설을 입증이라도 해야겠다시피 영화를 만들어야 하나요?

철학적으로 저희 회사와 안 맞습니다. 패스입니다.

라브 디아즈

멜랑콜리아

라브 디아즈 감독께

베니스 국제영화제에서 감독님의 역작이 오리종티상을 타는 걸 봤습니다. 우선 축하드립니다.

정치적 이념 때문에 실종된 이들과 그들을 사랑하는 이들의 아픔과 광기와 멜랑콜리아, 그 힐링의 시도가 지금도 가슴속에 울리네요. 선명한 흑백 디지털 영상으로 찍힌 필리핀의 시골, 도시, 정글 속을 방랑하는 인물들의 모습이 아직도 눈앞에 아른거립니다.

그런데 러닝타임이 450분이라니요. 7시간 반이잖아요. 아침 9시에 상영관에 들어가면 오후 5시가 다 돼서 나온다는 것이잖아요.

물론 저도 그렇게 봤기에 '멜랑콜리아'의 무게를 표현하기에 너무나도 필요한 시간이라는 것을 인정하긴 합니다. 심지어 세 챕터로 나뉘는 듯한 일종의 장엄한 문학성마저도 느껴졌습니다.

또, 뭐, 감독님의 10시간 반짜리 〈필리핀 가족의 진화〉나 9시간짜리 〈엔칸토에서의 죽음〉 등의 작품보다는 좀 짧은 러닝타임이라는 것은 알고 있습니다.

그래도 영화관에서 상영하려면 다른 영화도 못 틀고 그냥 이 작품만 하루 종일 틀어야 하는 것이잖아요. 심야 시간대까지 잡겠다 마음먹으면 하루에 2회 상영할 수는 있겠네요.

그렇다고 드라마의 전개상 세 챕터를 영화 세 편으로 나눌 수도 없겠더라고요. 저희는 삼부작을 배급할 능력도 안 되는 조그만 회사고요.

감독님! 그래서 말씀인데, 혹시 이 영화 90분으로 재편집해서 팽팽한 액션 스릴러로 만드는 것은 어떠실까요?

노라 에프론

시애틀의 잠 못 이루는 밤

노라 에프론 감독께

고백하건대 몇 년 전 감독님께서 시나리오를 쓰신 〈해리가 샐리를 만났을 때〉가 히트를 친 이후 그 영화를 놓친 것을 땅을 치며 후회했습니다. 그래서 직접 연출하신 이번 로맨틱 코미디에 더욱 더 주목했습니다.

톰 행크스와 멕 라이언 주연에 귀여운 꼬맹이 등 완벽한 조연들, 미 대륙을 횡단하는 운명적인 만남의 이야기에 감동했습니다. 밸런타인데이에 뉴욕의 엠파이어 스테이트 빌딩 꼭대기에서 만나자는 낭만적인 제안에도요.

그런데 아쉽지만 이번 작품 계약은 포기해야겠습니다. 이 영화 배급권을 따기 위한 경쟁이 워낙 치열해서 어느 한순간도 빠지면 안 될 것이 빤한데, 전 다가오는 밸런타인데이 때 엠파이어 스테이트 빌딩 꼭대기에서 만나야 할 사람이 있거든요.

스탠리 큐브릭

샤이닝

스탠리 큐브릭 감독께

콜로라도 눈 덮인 산속의 호텔에서 벌어지는 초자연적인 미스터리와 그 속에서 점점 미쳐가는 잭 니콜슨만으로도 볼만한 영화인데, 획기적인 촬영과 편집, 음악과 사운드까지 가미하시니 정말 잊을 수 없는 작품이 된 것 같습니다.

사실 저희 사장님께서 원래 숙박업으로 성공하셔서 영화업에까지 발을 들이신 분이거든요. 그래서 전 잘됐다 생각했죠. 사장님의 산속 호텔에서 '붉은 럼(REDRUM)' 행사를 하는 것도 구상하고, 여러 가지로 호텔과 영화를 연결 짓는 기발한 마케팅 방안을 함께 기획해서 기안을 올렸습니다.

사장님께서는 호텔을 귀곡 산장으로 소문나게 할 일 있냐며 결재판을 던지셨습니다.

아무래도 이 영화 이야기는 다시 안 꺼내는 게 좋을 것 같습니다.

알프레드 히치콕

올가미

알프레드 히치콕 감독께

솔직히 제임스 스튜어트 나오는 영화면 다 좋아합니다만, 그 외에도 캐스팅이 너무 훌륭합니다. 팔리 그레인저와 존 달. 자기들보다 지적으로 '열등하다' 생각한 동문을 교살해놓고 완전범죄를 저지를 수 있다는 오만함에 그 시체를 상자 속에 넣어두고, 그 위에 뷔페를 차려 디너파티를 열고, 희생자의 가족과 약혼녀, 약혼녀의 전 남자친구이자 희생자의 친한 친구였던 사람, 고등학교 때 선생님까지 불러들여서 철학적 대화나 해대겠다는—딱 그렇게 할 것 같이 생긴 청년 두 명과 모든 배역이 정말 훌륭하게 연출됐습니다.

맨해튼 전경이 보이는 한 아파트라는 공간에서 여러 롱 테이크로 어떻게 이런 무시무시한 긴장감을 유지하실 수 있었는지 신기합니다. 물론 연극을 원작으로 한 것이 일조하기도 했겠지만, 무대공간에서 보는 것과 또 다른 촬영상의 안무, 연출이 뛰어났습니다.

정말 훌륭한 심리 스릴러이긴 한데, 감독님, 저희는 좀 스펙터클한 액션영화를 찾고 있습니다. 그 상자를 싣고 카 체이스라도 한번 해주실 순 없을까요? 팡팡 폭발도 좀 하게 하고요.

알프레드 히치콕

현기증

히치콕 감독께

역시 제임스 스튜어트 따라갈 사람 없네요. 킴 노박과의 조화도 훌륭하고요. 트라우마로 인해서 생긴 탐정의 고소공포증과 신비에 둘러싸인 금발 여인에 대한 집착을 이용한 사기극, 아찔했습니다. 머리가 핑 돕니다.

그런데, 감독님, 아세요? '히치콕 블론드'라는 전형이 생겼다는 것을요? 갈색 머리도 좀 고려해주세요.

알프레드 히치콕

싸이코

히치콕 감독님께

무서워서 일주일째 샤워를 못 하고 있습니다.

박찬욱

공동경비구역 JSA

박찬욱 감독께

칠흑 같은 밤의 엄호를 받으며 휴전선을 넘나들어 서로를 알게 되는 남북한 경비 초소 군인들, 김광석 노래 들으면서 초코파이 나눠 먹으며 따뜻한 우정을 키워나가다가 살인 사건의 용의자가 되고…… 살아 숨 쉬는 듯한 분위기 연출이 돋보이는 무척 감동적이고 슬픈 영화네요.

슬플 땐 초콜릿을 먹어야 하는데 말입니다. 이 영화를 보거나 생각할 땐 그냥 초콜릿 갖곤 안 되고 초코파이여야 하는데 말입니다. 그런데 여기 유럽에선 구하기 힘들어요.

초코파이 배급을 함께 하는 조건으로 영화를 수입하고 싶은데, 여력이 안 되네요.

박찬욱

올드보이

박찬욱 감독께

이 영화는 한국 현대 영화사에 길이 남을 것이 분명하고, 세계적으로 한국 영화를 알리는 데도 크게 일조할 것이 분명합니다. 광팬들도 많이 생길 것이고요.

하지만 전 낙지가 너무 불쌍했어요.

봉준호

괴물

봉준호 감독께

일단 공상과학영화라는 단순한 이름이 붙겠지만, 사회 비판적인 해학, 비극성, 감동 면에서 얼마나 뛰어난지 언급하지 않을 수 없네요. 어떻게 이런 영화를 만들 생각을 하셨어요? 특수효과도 이전까지 봐왔던 한국의 것과는 수준이 완전히 다르네요.

너무 사실적이어서 덕분에 서울 출장 갈 때 제가 좋아하는 한강공원 산책은 앞으로 틀렸네요.

유감입니다.

봉준호

마더

봉 감독께

아들의 살인 혐의를 벗겨주려는 어머니가 물불 안 가리고 나서는 모습. 긴장감에 공포에 유머까지. 또 김혜자 선생님이 왜 여기저기 여우주연상을 휩쓸었는지도 알겠어요.

그런데 원빈요. 연기가 새롭고 훌륭하긴 한데, 저흰 사실 한류 꽃미남 작품을 찾고 있거든요. 이런 좀 덜떨어진 것 같은 남자보다, 막…… 아시죠? 멋있는 '오빠'로 좀 바꿔 편집해주실 순 없을까요?

제임스 캐머런

타이타닉

제임스 캐머런 감독께

잭이 올라갈 판때기가 그렇게도 없었단 말이에요? 말도 안 돼요.

서울역
Seoul Station

연상호

서울역

연상호 감독께

엄청난 상업영화 흥행작인 〈부산행〉의 프리퀄로 내놓으신 작품인데, 애니메이션 예술영화라는 점이 너무 재미있습니다. 〈부산행〉의 전날 밤, 서울역 근처 홈리스들이 좀비나 폭도로 오해받는다는 나름 뼈가 있는 얘기도 좋았어요.

감독님은 원래 〈돼지의 왕〉, 〈사이비〉 등의 날카로운 애니메이션으로 먼저 세계적 호평을 얻으셨으니까, 그런 작가주의적 맥락에서 보는 것도 흥미로웠어요.

그런데 저희 회사는 애니메이션을 많이 수입·배급하긴 합니다만, 그런 경우 샤방샤방한 미소년들과 미소녀들이 나오는 걸로 일관하거든요. 왜 주인공이 머리를 날리면 주위에 별과 꽃이 반짝거리는 그런 영화 있잖아요.

〈서울역〉은 아쉽지만 저희 회사와는 완전 안 어울립니다.

미야자키 하야오

하울의 움직이는 성

미야자키 하야오 감독께

역시 일본 애니메이션 거장 감독님이십니다. 전 〈이웃집 토토로〉 때부터 감독님 팬입니다. 그런데 만드시기만 하면 극장가를 평정할 수 있는 일본 상황과 달리, 우리 나라에서 일본 애니메이션은 틈새시장이거든요. 집에서 잘 나오지도 않는 덕후들을 극장으로 이끌어내야 하는 상황이고요.

그래도 1997년에 〈모노노케 히메〉가 마지막 작품이라고 하셔서 '아, 이러면 덕후들이 극장에까지 나오겠지' 하면서 수입권 따려고 굉장한 비딩 워에 가담하기도 했어요.

그런데 돌연 2001년에 〈센과 치히로의 행방불명〉을 또 내놓으셨잖아요. 사실 워낙 훌륭한 작품이라 모두가 기뻐하긴 했습니다만. 그 와중에 또 은퇴 선언을 하셔서 '이번엔 진짜다, 〈센과 치히로의 행방불명〉은 우리가 꼭 해야 한다' 하면서 비딩 위에 또 가담했어요.

그런데 이번에 〈하울의 움직이는 성〉이 나왔으니 감독님은 정말 양치기 소년이신가 싶습니다. 작품이야 너무 환상적이죠. 그런데 또 마지막이시라고요.

감독님, 은퇴 선언은 도대체 몇 번을 더 하실 겁니까?

데이비드 핸드

밤비

데이비드 핸드 감독께

어떻게 애들 영화에서 엄마 사슴을 쏴 죽일 수가 있어요?
제작자 월트 디즈니 씨에게도 항의하겠어요.

빅터 플레밍

바람과 함께 사라지다

빅터 플레밍 감독께

부잣집 커튼으로 옷 만들어 입는 영화라면 〈사운드 오브 뮤직〉을 보겠어요.

오즈 야스지로

동경 이야기

오즈 야스지로 감독께

영화 잘 봤습니다. 노부부가 자식들과 손주들 보러 동경을 방문하는 것으로 시작하는 감독님 작품은 일본을 배경으로 하면서도 아주 보편적인 가족 관계와 인간사에 대한 섬세한 초상인 것 같습니다. 굉장히 가벼운 붓 터치로 그려낸 것이지만, 워낙 사실적이어서 저희 시부모님 방문하실 때가 생각나는 게 좀 괴로워요. 그냥 다른 회사에 맡기시는 것이 낫겠어요.

로버트 와이즈

사운드 오브 뮤직

로버트 와이즈 감독께

“The hills are alive with the sound of music!” 노랫말이 실감납니다. 정말 산과 언덕이 다 음악 소리로 살아나는 영화입니다. 알프스 풍경, 호숫가 대저택, 아름다운 잘츠부르크 등의 배경, 너무 좋았어요.

엄마를 여읜 일곱 명의 아이들이 가정교사로 온 견습 수녀 마리아에게 짓궂게만 굴다가 음악을 배우면서 다정해지고, 무섭고 엄격하기만 하던 해군 대령 아버지와도 친해지고, 또 여러 가지 갈등과 낭만을 보여주다가 심지어 나치들로부터 도망가는 서스펜스까지!

영화를 본 우리 회사 20대 직원들이 뭐라 하는지 아세요? 자기들도 얼른 결혼해서 〈사운드 오브 뮤직〉처럼 애 일곱 낳아 합창단 만들고 싶대요.

산아제한 정책을 추진 중인 우리 나라에선 이런 것 곤란합니다. 웃지 마세요. 심각합니다.

영화가 재미없으면 모르겠는데, 열 번 봐도 재미있어요.

스티븐 스필버그

태양의 제국

스티븐 스필버그 감독께

아역 크리스천 베일 참 대단하네요. '역할을 잘 소화해낸다' 차원이 아니라, 그냥 주인공 '제이미' 자체가 돼버려서 영화 속으로 들어간 듯한 진귀한 현상을 목격한 것 같습니다. 성장하면 아주 무서운 배우가 될 것이 분명합니다.

제2차 세계대전 무렵 상하이를 배경으로 시작하는 이야기라는 것도 그렇지만, 원작자 J. G. 밸러드의 어린 시절 경험을 토대로 한 것이란 게 정말 흥미롭습니다.

유복한 영국인 집안에서 중국인 유모한테 말썽 피우던 소년 제

이미가 전쟁 통에 부모랑 헤어지고, 가까스로 일본군이 운영하는 외국인 포로수용소에 들어가서 생존법을 배우고, 수용소 내 어린 해결사로 변모하는 얘기가 재미있었습니다.

영국인인데 영국에 한 번도 가본 적이 없다는 제이미가 최첨단 제트기를 모는 일본 공군을 동경하기도 하는 등 정체성의 혼란과 갈등을 겪는 것도 왠지 와닿았습니다.

커다란 역사적인 배경에 애틋하고 대견한 꼬마가 중심인데, 액션과 스릴까지 약간 가미되니 감독님 작품 중에 최고가 될 수도 있을 것 같습니다.

그런데 제이미가 너무 외롭지 않나 싶기도 합니다. 나이도 어린 녀석인데, 그런 모습을 애들 보여주기엔 좀 힘들지 않을까요? 모형 비행기 들고 뛰어다니고 그럴 때, 옆에 귀여운 강아지 친구라도 좀 붙여줬으면 좋았을 것 같습니다.

스티븐 스필버그

죠스

스티븐 스필버그 감독께

당신의 상어 공포영화 때문에 우리 가족은 이제 해변 피서 가긴 틀렸어요. 그리고 존 윌리엄스 음악감독의 오리지널 스코어 때문에 미-파-미-파 이런 음이 반복되는 것만 들어도 모골이 송연해서 애들 피아노 레슨도 그만두게 했어요. 우리 가족 생활에 부정적인 영향이 너무 큰 것 같아 거절하겠습니다.

프랑수아 트뤼포

400번의 구타

프랑수아 트뤼포 감독께

이 작품은 프랑스 누벨바그의 정수를 대표하는 걸작으로 오래 남을 것 같습니다. 그런데 저희는 처음에 제목 때문에 체벌에 관한 이야기인 줄 알고 봤습니다. 그런 영화를 교육용으로 한 편 찾는 중이거든요. 보고 나니까 자유를 찾는 비행소년의 일대기네요. 대략 난감합니다.

ON
RADIO CALL
OFF
TAXI
DUTY

마틴 스코세이지

택시 드라이버

마틴 스코세이지 감독께

로버트 드 니로가 연기한 '트래비스 비클'을 보고 나니 어디 무서워서 밤에 택시를 타겠습니까? 이런 영화 한 편 개봉하려면 얼마나 많은 야근을 해야 하는지 아시잖아요. 택시 안 타곤 못 합니다. 그런데 어쩌라고요. 운전면허나 따러 가야겠네요.

론 하워드

스플래쉬

론 하워드 감독께

어떻게 보면 '인어공주' 동화를 도회적인 현대판으로 옮긴 것, 반전을 주기도 한 것 등 참 재미있었어요. 톰 행크스와 대릴 해나도 아주 잘 어울리고요.

그런데 인어가 뉴욕 허드슨강으로 헤엄쳐 왔다면, 수질오염 때문에 피부병 걸렸을 것 같은데 너무 비현실적이지 않아요?

천 카이거

패왕별희

천 카이거 감독께

1920년대 북경 경극학교에 들어간 두 꼬마가 각고의 노력 끝에 최고의 경극배우가 되는데, 장국영이 연기하는 '두지'는 경극의 여자 주인공 역할을 맡고, 장풍의가 연기하는 '시투'는 남자 주인공 역할을 맡아 연습하면서 둘 사이에 우정이 싹트고, 나중에 공리가 연기하는 교활한 기녀 '주산'이 들어와 삼각관계가 되는 이 이야기가 중국의 문화대혁명까지 이어지니 화려하고 아프고 파란만장한 얘기네요. 잘 봤습니다.

그런데 아무리 이성애자 남자라도 장국영과 공리 중에 택하라면—아, 글쎄, 제가 이성애자 여자라서 그런가요? 어떻게 이 극 중에서 장국영보다 공리가 예쁘거나 좋다 생각할 수 있을까요?

왕가위

화양연화

왕가위 감독께

감독님의 인기작 〈중경삼림〉, 〈타락천사〉, 〈해피 투게더〉, 〈동사서독〉 등과 비슷하면서 또 다른 매력을 풍기는 아주 슬프고 수려한 영화네요.

기억에 제일 남는 건 '유메지 테마곡'의 선율이 깔리는 가운데 홍콩의 계단 진 골목길을 내려가는 장만옥의 청삼 입은 뒷모습, 양조위와 마주치는 모습, 빗속의 그들과 꿈결 같은 담배 연기 등입니다.

이웃인 이 둘은 각각의 배우자가 같이 바람을 피워서 동병상련

이란 게 전제잖아요. 문제는 어떤 정신 나간 남녀가 장만옥과 양조위 같은 사람들을 두고 바람을 피울까 한번 보고 싶은데 안 나온다는 겁니다.

빔 벤더스

부에나 비스타 소셜 클럽

빔 벤더스 감독께

감독님의 작품은 〈파리, 텍사스〉와 〈베를린 천사의 시〉 때부터 정말 좋아했습니다. 음악 다큐멘터리를 하실 줄은 생각도 못 했네요.

혁명 이후 거의 잊혀가던 쿠바 음악가들이 전통음악을 살리기 위해 모여들고, 앨범을 내고, 국제 공연을 하면서 미국에까지 가고 하는 모습이 무척 재미있고 감동적이었습니다.

음악은 더할 나위 없이 좋고요. 거기에 맞춰 천천히 춤을 추는 듯한 카메라워크로 아바나의 오래된 건물들을 보여주신 것에도

SOCIAL

흠뻑 빠져서 결국 쿠바 여행을 떠나기로 했습니다. 그리고 팬심으로 '부에나 비스타 소셜 클럽' 공연들을 최대한 많이 쫓아다니기로 했어요.

한동안 영화 일은 할 시간이 없을 것 같습니다. 다 감독님 탓이니까 양해해주시리라 믿습니다.

김기영

하녀

김기영 감독께

세계 영화사에 남을 찬란한 스릴러이자 공포영화네요. 그런데 무슨 가정부를 뽑는데 공장 전체에서 제일 단정치 않아 보이는 여자애를 데리고 갔대요?

마크 샌드리치

톱햇

마크 샌드리치 감독께

역시 멋진 춤과 노래가 들어간 스크루볼 코미디엔 '프레드 앤드 진저' 이상의 명콤비가 없는 것 같습니다. 감히 말하건대 역사상 전무후무한 최고일 겁니다.

게다가 이번 어빙 벌린 작사·작곡의 노래들이 특히나 인상적이고요. 'Top Hat, White Tie and Tails'('실크해트, 흰 나비넥타이와 연미복'이라고 번역해야 할까요?), 'Cheek to Cheek'('뺨과 뺨을 맞대고'?) 등등 정말 훌륭한 인기곡이 될 노래들이 많은 것 같아요.

여담이지만 이번에 턱시도 고양이 한 마리 입양했는데, 그 모습이 〈톱 햇〉에서 연미복 입은 프레드 생각이 나게 해서 이름을 그렇게 지을까 하다가 암컷이라 진저라 부르기로 했어요. (사진 동봉합니다. 진짜 턱시도 입은 것 같지 않아요?)

그 얘기 들으셨어요? "진저 로저스는 프레드 아스테어가 한 모든 것을 다 했지만, 거꾸로 움직이면서 하이힐까지 신고 했다"는 말요. 둘 다 엄청난 실력파 춤꾼인 것은 확실합니다. 이번에 진저가 깃털 달린 드레스 입고 프레드랑 춤추는데 그 이상 환상적인 모습은 없는 것 같아요.

그런데요 감독님, 요즘 세월이 하 수상하니 사람들은 정신을 바짝 차리고 현실을 직시해야 하는 것 아닌가 싶습니다. 이런 즐겁고 낭만적인 소극으로 잠시라도 스트레스를 풀고 꿈 같은 시간을 보낸다는 것은 바람직하지 않습니다.

그렉 모톨라

황당한 외계인: 폴

그렉 모톨라 감독께

일단 저는 〈뜨거운 녀석들〉과 〈새벽의 황당한 저주〉에 나오는 사이먼 페그과 닉 프로스트 콤비 너무 좋아하거든요. 그런데 크리스튼 위그와 제이슨 베이트먼까지 나오고, '폴' 목소리 연기에 세스 로건 캐스팅은 정말 완벽했어요.

지구에 불시착한 외계인 폴이 60년 동안 숨겨진 상태에서 미 정부와 할리우드에 자문을 해줬다는 발상도 너무 재미있고, 그런 외계인이라면 음주가무도 즐기고 욕도 잘 쓴다는 것도 너무 그럴듯한 것 같아요. 고향 행성에서 멀리 떨어져 그 오랜 세월을 지냈으니 얼마나 갑갑하고 외로웠겠어요. 아무리 스티븐 스필버그랑

〈엑스 파일〉 제작진과 친했다 쳐도요.

그러다 정부로부터 생명의 위협을 받게 돼 집으로 돌아가기 위해 필사적으로 노력하는데, 우연히 코믹콘 참가차 미국 여행 온 김에 '에어리어 51' 금지 구역까지 구경 온 두 영국 SF 덕후들과 합류하게 되고 액션과 어드벤처가 이어진다는 게 무척 재미있어요.

단지, 실제로 이런 외계인들이 존재하고 '에어리어 51' 같은 데 숨겨져 있다는 음모설에 집착하는 사람들을 생각하면 이렇게 개연성 있는 영화는 지양해야 하지 않을까요? 그들의 병을 더욱 키우기만 할 것 아녜요.

AREA
RESTRICTED
NO TRE

코엔 형제

파고

코엔 형제 두 분께

이런 블랙코미디 처음입니다. 지역색도 은근히 뛰어나고요. 눈 덮인 미네소타에서 황당한 살인 사건들이 일어나고 거의 만삭의 몸으로 이 사건들을 풀어나가는 시골 경찰서장 역의 프랜시스 맥도먼드는 정말이지 격렬한 응원을 해주고 싶게 해요.

윌리엄 H. 메이시가 연기하는 세상 멍청하고 답답한 자동차 세일즈맨이 아내를 유괴해서 부자인 장인에게 몸값을 받아내려고 살벌한 피터 스토메어와 좀 웃긴 스티브 부세미 범죄자 팀을 고용하게 되는 이야기도 너무 재미있어요. (영화 바깥의 얘기지만 스칸디나비아 출신의 조상들이 많기로 유명한 미네소타에 실제 스웨덴 출신인

스토메어를 갖다 놓은 것도 정말 재미있었는데 일부러 그러신 건가요?)

아무튼 〈파고〉는 작품 자체적으로는 거의 완벽한데, 저흰 지금 여름 피서지의 로맨스 같은 것을 찾는 중이거든요. 이 영화, 너무 추워요. 훈훈한 면도 없지 않아 있지만, 눈이 너무 많이 쌓여 있어서 우리가 찾는 것이랑 완전 딴판입니다.

윌리엄 와일러

로마의 휴일

윌리엄 와일러 감독께

오드리 헵번이란 젊은 스타의 탄생을 목격했네요. 그레고리 펙이야 항상 든든하고 멋있는 주연배우고요. 유럽 외교 순방 일정을 소화하던 중 스트레스와 압박에 못 이겨 도피한 공주가 평범한 여학생인 척하면서 친절한 미국인 신사를 우연히 만나는데, 사실 특종을 노리는 빈털터리 기자라는 설정, 하루 동안 소소하게 즐거운 일탈을 함께하다가 서로 좋아하게 되는 이야기, 참 재미있었어요.

로마를 돌아다니며 말썽도 좀 피우고, 젤라토도 먹어보고, 춤도 좀 추고, 그냥 관광객처럼 이것저것 해보기도 하는 모습이 정말 유쾌하고 예쁘고 코믹하고, 한편으로 애틋하기도 했습니다.

전 이래서 왕정주의는 안 되는 것이라 생각합니다. 국민들을 주체성 없는 어린애들처럼 만들어버리는 것도 그렇지만, 왕정 일원 개개인 인생의 자유와 때로는 사랑을 박탈하기도 하는 것이잖아요. 그런데 사람들이 이 영화를 보면 공주가 아름답다느니 책임감에 숭고함을 느낀다느니 동조하게 될 것 아녜요.

저흰 그런 사회적인 트렌드에 조금이라도 일조하는 것을 피하고 싶습니다. 민주주의를 위해 얼마나 힘들게 싸웠는데, 왕정주의가 웬 말입니까?

ROMAN HOLIDAY

프랭크 다라본트

쇼생크 탈출

프랭크 다라본트 감독께

대부분의 사람들이 멕시코에 있는지 없는지도 몰라서 좋았던 해변가 도시 지와타네호. 잠깐밖에 안 나오긴 하지만, 이 영화 때문에 관광객들이 잔뜩 몰려와 망쳐놓게 생겼어요. 책임지세요.

마이클 커티즈

카사블랑카

마이클 커티즈 감독께

사랑스러운 잉그리드 버그만도 좋고, 제2차 세계대전의 긴장과 혼란 속의 낭만과 음악과 절박함도 좋은데, 험프리 보가트가 경찰서장이랑 떠나면서 "루이, 이건 아름다운 우정의 시작이 될 것 같군" 하고 말하는 부분이 제일 좋은 것 같아요.

둘이 레지스탕스에 입단해 나치에 대항해서 싸우는 속편을 만들어주시면 이 작품이랑 묶어서 사는 것을 고려하겠습니다.

주세페 토르나토레

시네마 천국

주세페 토르나토레 감독께

검열된 키스 신들만 모아놓은 필름 릴—그걸 트는 감동의 장면에 많이 울었습니다. 그 장면도 우리 나라 검열에선 잘릴 것 같습니다.

데이비드 린

아라비아의 로렌스

데이비드 린 감독께

광활한 사막을 달리는 아라비아의 로렌스 일대기, 70mm 와이드스크린으로 보니 환상적이네요. 그런데 무슨 영화에 여자 한 명 말하는 역으로 나오는 이가 없어요?

하워드 혹스

스카페이스

하워드 혹스 감독께

그림자로만 보여주는데도 살인 장면이 제가 본 것 중 가장 폭력적이고 공포스러웠던 것 같아요. 차라리 사람들 모습이 실제로 나오는 걸로 다시 찍어주시면 도움이 되겠어요.

LAMS
CAPES

하워드 혹스

히스 걸 프라이데이

하워드 혹스 감독께

고전이 될 것이 분명한 스크루볼 코미디입니다. 그리고 옛날에 신문사 근무를 했던 저로서는 이 영화 속 기자들 간의 관계, 특종을 잡겠다는 의욕, 그들 사이의 유머 등등 아주 사실적이고 친근하게 다가온 것이 많았습니다.

신문사의 스타 리포터 '힐디 존슨' 역의 로절린드 러셀도 정말 '딱'인 것 같아요. 냉철하고 수완 좋은 편집장 역의 캐리 그랜트가 그녀의 전남편이란 설정도 재미있어요. 치열한 기자 생활을 뒤로하고 평범한 보험사 직원과 결혼해 주부로 살겠다는 힐디를 붙잡고 마지막 특종 하나만 하고 가라는 것도요. 선수가 가긴 어딜 가

겠나 하면서요.

속사포 같은 대사에 위트와 애드리브가 넘치는 것도 너무 재미있어요. 누구 말이 끝나지도 않았는데 다음 대사가 날아오는 것도 실제 상황에 가깝다고 봅니다. 특히 여기서처럼 급할 때나 싸울 때 서로 말 끊기도 하고 겹쳐서도 하고 그러죠.

그런데 저희한텐 이게 바로 문제예요. 이걸 짤막한 자막들로 번역해서 처리해야 하는데, 도저히 그 속도에 말하는 사람 구분에 의미를 살릴 수가 없을 것 같아요. 대사를 반으로 확 줄여서 다시 편집하실 생각은 없으신지요?

프랜시스 포드 코폴라

대부

프랜시스 포드 코폴라 감독께

앞으로 많은 마피아 영화의 표본이자 '대부'가 될 것 같은 영화네요. 훌륭합니다. 아무래도 미국에 이민 온 이탈리아계 사람들의 전통이나 문화와 연관성이 있다 보니 음식도 꽤 인상적으로 나오네요.

클레멘자가 대부의 막내아들 마이클 콜레오네한테 "어느 날 스무 명 요리를 해 먹여야 할지도" 모르니까 스파게티 소스 만드는 법을 전수하는 장면이나, 길가에서 배신자를 암살하고 난 후에 "총은 두고 가. 카놀리는 갖고 가고" 하는 명대사 나오는 장면이나, 레스토랑에서 마이클이 상대편 마피아 두목과 부패 경찰을 죽이기 직전의 샐러드와 "이 도시 최고의" 송아지 고기 요리가 나오는 장면도 인상적이었습니다.

그런 장면들만 모아다 따로 이탈리아 음식 영화 한 편 만드는 건 어떨까요? 마이클이 시칠리아에 도피 가 있을 때의 멋진 풍경 영상도 있으니, 그 촬영분을 간간이 활용해서 넣는 것도 좋지 않을까 싶습니다.

부산

김지운

밀정

김지운 감독께

1920년대 한국 독립투사들의 활약을 멋지고 재미있게 그린 영화가 나와서 매우 신선했어요. 할리우드에서는 나치 점령군에 대항한 프랑스 레지스탕스 이야기 등을 다룬 게 많이 나왔지만, 요즘 아시아에서 이런 영화가 나왔다는 게 고무적이었습니다.

그리고 신나는 액션과 스릴 뒤에 근본적으로 스파이 영화의 서스펜스와 갈등이 깔렸다는 게 정말 높이 살 만한 것 같습니다.

그런데 저희는 올해 배우 공유가 기차에 탄 영화라면 〈부산행〉을 이미 한 편 샀거든요. 네, 〈밀정〉에 기차 장면이 그렇게 많진 않다는 건 압니다만, 웬지 공유(+기차) 영화 전문 회사가 되는 것 같은 이미지는 피하고 싶은 노파심에서 양해해주실 것을 부탁드립니다.

아슈토시 고와리케르

라간: 옛날 옛적 인도에서

아슈토시 고와리케르 감독께

이제부터 아미르 칸 나오는 것이면 다 챙겨 보기로 했습니다. 전 인도 영화계에선 샤룩 칸이 타의 추종을 불허하는 대스타인 줄 알았는데, 진정 훌륭한 칸씨가 또 한 명 있었군요. 춤이면 춤, 노래면 노래, 연기면 연기, 잘생기고 건장한 건 말할 것도 없고, 아미르 칸 너무 멋있습니다. 게다가 이 영화엔 A. R. 라흐만 음악감독이 참여한 덕분에 더더욱 그의 재능이 살아나네요.

〈라간〉은 일반 발리우드 영화의 볼거리와 신나는 음악과 춤과 감동을 예술영화의 경지로 한층 끌어올린 것 같습니다. 19세기 대영제국의 식민 지배와 가뭄에 시달리던 마을 사람들이 영국 장교의 조롱을 받으면서, 세금면제 대 세금폭탄을 내기로 크리켓 경기에 참가하게 되는 이야기가 참으로 흥미진진합니다.

또 재미있는 건, 크리켓은 영국 유한계급의 스포츠잖아요. 하루에 기본 6시간 이상 3~5일 동안 지속되는 경기를 하려면, 정말 논밭을 갈아야 하거나 가게를 지키거나 직장을 다녀야 하는 사람이라면 못 하죠. 식민 지배자들에게 유리할 수밖에 없는 이 경기, 그렇게 길게 하는데도 긴장감 넘칩니다.

이 와중에 영화에 코믹한 면도 있어서 좋고요. 영국 장교의 예쁜 여동생이 아미르 칸을 위시한 크리켓 초짜 마을 사람들을 몰래 도와주는 것도, 거기서 마을 처녀와 삼각관계가 형성되는 것도 흥미롭습니다.

그런데 크리켓 경기 하나로 끝나는 건 왠지 아쉬워요. 들고일어나야 하는데, 독립을 위한 투쟁은 모두가 알다시피 다음 세기 얘기니까 뭐라 말도 못 꺼내겠네요.

압바스 키아로스타미

체리 향기

압바스 키아로스타미 감독께

자살하려고 무덤까지 파놨는데, 수면제 먹고 누운 다음 흙을 덮어줄 사람이 없어서 차를 몰고 찾아다니는 '바디' 이야기. 칸 영화제에서 황금종려상 타기 직전에 봤어요. 이렇게 미니멀하면서도 살아 있는 걸 생생하게 느끼게 해주는 영화는 처음입니다. 솔직히 저희가 지금 찾는 종류의 영화는 아닙니다만, OECD 국가 중 자살률이 높다는 한국이나 다른 국가 바이어들한테 강력하게 추천해보도록 하겠습니다.

진 켈리, 스탠리 도넌

사랑은 비를 타고

진 켈리와 스탠리 도넌 두 분 감독께

최고의 뮤지컬 로맨틱 코미디네요. 누구나 슬프거나 우울할 때 이 영화를 보면 바로 기분이 좋아질 것 같아요.

그런데 올해 폭우가 너무 많이 와서, 사람들이 '비'가 들어간 영화는 쳐다도 안 볼 것 같습니다. 날씨를 잊고 싶어서 영화관으로 도피하는데, 아무리 사랑이 타고 온대도 비를 강조하는 영화는 싫다고 할 거예요.

What a Glorious Feeling

지가 베르토프

카메라를 든 사나이

지가 베르토프 감독께

소련의 무성 실험 다큐멘터리란 도대체 어떤 걸까 궁금해서 봤습니다. 자막 하나 없이 촬영, 구성, 편집 등의 혁신적인 기법들을 사용해서 리듬감과 시적인 영화언어를 만들어낸 점, 아마 적색 공포증만 극복할 수 있다면 세계 영화사에 굉장한 유산으로 남을 수 있을 것 같습니다.

혁명 후 키예프, 하리코프, 모스크바, 오데사의 활기찬 모습을 낙관적으로 그린 것 참 흥미롭습니다. 그런데 과연 그렇게 힘차고 밝기만 할까요? 그 도시들 정도라면 아무리 공산주의 치하라 해도 범죄 조직도 꽤 결성돼 있을 것 같은데, 소련의 마피아 지하 조

직원에 관한 다큐로 확장하셨으면 얼마나 더 재미있었을까요? 소련의 〈대부〉 같은 건데 다큐멘터리로요.

쿠엔틴 타란티노

바스터즈: 거친 녀석들

쿠엔틴 타란티노 감독께

제2차 세계대전 때 유대계 미군 특수부대와 유대계 프랑스 여성 극장주가 각각 따로 나치 수뇌부를 말살하려고 나서는 복수극, 영화적으로 정말 재미있어요. 특히 배우 크리스토프 왈츠는 세기의 발견인 것 같습니다. 그냥 하루 종일 그의 연기를 보고 있으래도 할 수 있을 것 같아요.

그런데 일부 사람들은 이 영화 보고 나서 진짜로 제2차 세계대전이 이런 식으로 마무리됐다고 생각할 수 있을 것 같아요. 농담 아녜요. 요즘 사람들이 얼마나 무식한지 아세요? 역사의식도 없으면서, 어디 화면에만 나오면 다 진짜인 줄 알아요. 한번 믿으면 고

집들도 세서 생각을 바꾸지도 않아요.

세계적으로 무식이 판을 치는데, 이런 역사적인 착각에 기여할 수는 없습니다.

홍상수

그 후

홍상수 감독께

사람들은 감독님의 작가주의적인 영화들이 계속해서 비슷한 남녀 이야기를 갖고 형식적인 변주를 한다는 이유로 좋아하기도 하고, 싫어하기도 하는 것 같아요. 그런데 요즘 보면 좀 달라지신 부분도 있는 것 같기도 해요. 이번 작품 재미있게 잘 봤습니다. 뭔가 다르긴 다른 것 같아요.

그런데 전 원래부터 프랑스의 누벨바그가 좀 가식적인 듯해 싫어했습니다. 한국으로 전수된 듯한 그 풍의 영화 만들기라는 것에 그냥 이념적으로 반대하고 싶습니다. 세계적으로 일반 관객과 평단에 충성스러운 팬들 많으시니까 저 하나쯤이야……

빌리 와일더

뜨거운 것이 좋아

빌리 와일더 감독께

수십 년이 지나도 세계 최고의 코미디 영화 중 하나로 꼽히게 될 보석 같은 작품입니다. 토니 커티스랑 잭 레몬이 갱단의 살인을 목격하고 도망가다가, 여성 순회 연주단에 여장을 하고 급히 합류하는 이야기가 너무 웃기고 기발해요. 가수이자 우쿨렐레 연주자로 나오는 마릴린 먼로는 여전히 숨 막히게 아름답고 도발적이고요.

두 남자가 여자로 사는 것이 얼마나 불편한지—옷과 하이힐부터 남성들의 희롱과 무시에 이르기까지—새로운 경험을 하게 되는 모습도 재미있어요. 그리고 갱단에 쫓기는 와중에 사랑에 빠지고, 남자라는 것을 밝히지 못해서 곤란해하는 상황 등 순간순간 재치 있게 진행되네요.

마음에 좀 걸리는 것은, 남성적인—너무나도 남성적인—토니 커티스와 잭 레몬이 여장을 하고 나오니까 좀 헷갈린다는 것이에요. 저흰 가부장제와 이성애자를 옹호합니다. 그런데 헷갈려요. 일단 여자들의 입장을 한 번쯤 돌아보게 된다는 것도 그렇고, 두 남자가 여장을 하니까 매력적으로 느껴진다는 것도 그렇고—그냥, 더 이상 깊이 생각하고 싶지 않습니다.

찰리 채플린

위대한 독재자

찰리 채플린 감독께

옛날부터 〈이민자〉, 〈키드〉, 〈황금광 시대〉, 〈시티 라이트〉, 〈모던 타임즈〉를 비롯한 감독님의 많은 영화를 사랑하는 팬입니다. 어떻게 그렇게 연출에 주연에 음악에 시나리오에 제작까지 많은 역할을 맡아서 하실 수 있는지도 참 대단하신 것 같습니다.

남들은 거의 다 무성영화를 버리고 발성영화로 넘어갔을 때에도, 감독님은 계속해서 애틋하고 코믹한 이야기들을 온몸으로 보여주면서 무성영화의 진수를 뽑아내시던 것이 존경스러웠습니다.

오래 버티셨는데, 이번 작품을 발성영화로 하신다고 듣고 좀 낙

담했습니다. 다음은 뭐예요? 천연색 영화요? 이러다가 무슨 삼차원 영화도 나오겠어요. 도대체 끝은 어딜까요?

BLA!
BLA!
BLAAAA-
BLA!!!
BLA!
BLA!
BBBLA-
BLA!!!

수록작품목록*

1. 오손 웰스 〈시민 케인 Citizen Kane〉 1941
2. 조지 루카스 〈스타워즈 Star Wars: Episode IV—A New Hope〉 1977
3. 조지 루카스 〈스타워즈 에피소드 1—보이지 않는 위험 Star Wars: Episode I—The Phantom Menace〉 1999, 〈제국의 역습 Star Wars: Episode V—The Empire Strikes Back〉 1980, 〈제다이의 귀환 Star Wars: Episode VI—Return of the Jedi〉 1983
4. 로브 라이너 〈해리가 샐리를 만났을 때 When Harry Met Sally...〉 1989
5. 라브 디아즈 〈멜랑콜리아 Melancholia〉 2008, 〈필리핀 가족의 진화 Evolution of a Filipino Family〉 2004, 〈엔칸토에서의 죽음 Death in the Land of Encantos〉 2007
6. 노라 에프론 〈시애틀의 잠 못 이루는 밤 Sleepless in Seattle〉 1993

---

* (편집자주) 본문 순서대로 원제와 최초 개봉 연도를 표기했고 해당 본문에 언급된 영화도 포함했다.

7. 스탠리 큐브릭 〈샤이닝 The Shining〉 1980
8. 알프레드 히치콕 〈올가미 Rope〉 1948
9. 알프레드 히치콕 〈현기증 Vertigo〉 1958
10. 알프레드 히치콕 〈싸이코 Psycho〉 1960
11. 박찬욱 〈공동경비구역 JSA〉 2000
12. 박찬욱 〈올드보이〉 2003
13. 봉준호 〈괴물〉 2006
14. 봉준호 〈마더〉 2009
15. 제임스 캐머런 〈타이타닉 Titanic〉 1997
16. 연상호 〈서울역〉 2016, 〈돼지의 왕〉 2011, 〈사이비〉 2013
17. 미야자키 하야오 〈하울의 움직이는 성 ハウルの動く城〉 2004, 〈이웃집 토토로 となりのトトロ〉 1988, 〈모노노케 히메 もののけ姫〉 1997, 〈센과 치히로의 행방불명 千と千尋の神隠し〉 2001
18. 데이비드 핸드 〈밤비 Bambi〉 1942
19. 빅터 플레밍 〈바람과 함께 사라지다 Gone with the Wind〉 1939
20. 오즈 야스지로 〈동경 이야기 東京物語〉 1953
21. 로버트 와이즈 〈사운드 오브 뮤직 The Sound of Music〉 1965
22. 스티븐 스필버그 〈태양의 제국 Empire of the Sun〉 1987
23. 스티븐 스필버그 〈죠스 Jaws〉 1975
24. 프랑수아 트뤼포 〈400번의 구타 Les Quatre Cents Coups〉 1959
25. 마틴 스코세이지 〈택시 드라이버 Taxi Driver〉 1976
26. 론 하워드 〈스플래쉬 Splash〉 1984
27. 천 카이거 〈패왕별희 霸王別姬〉 1993

28. 왕가위 〈화양연화 花樣年華〉 2000, 〈동사서독 東邪西毒〉 1994, 〈중경삼림 重慶森林〉 1994, 〈타락천사 墮落天使〉 1995, 〈해피 투게더 Happy Together〉 1997
29. 빔 벤더스 〈부에나 비스타 소셜 클럽 Buena Vista Social Club〉 1999, 〈파리, 텍사스 Paris, Texas〉 1984, 〈베를린 천사의 시 Der Himmel über Berlin〉 1987
30. 김기영 〈하녀〉 1960
31. 마크 샌드리치 〈톱 햇 Top Hat〉 1935
32. 그렉 모톨라 〈황당한 외계인: 폴 Paul〉 2011, 에드거 라이트 〈뜨거운 녀석들 Hot Fuzz〉 2007, 에드거 라이트 〈새벽의 황당한 저주 Shaun of the Dead〉 2004
33. 코엔 형제 〈파고 Fargo〉 1996
34. 윌리엄 와일러 〈로마의 휴일 Roman Holiday〉 1953
35. 프랭크 다라본트 〈쇼생크 탈출 The Shawshank Redemption〉 1994
36. 마이클 커티즈 〈카사블랑카 Casablanca〉 1942
37. 주세페 토르나토레 〈시네마 천국 Cinema Paradiso〉 1988
38. 데이비드 린 〈아라비아의 로렌스 Lawrence of Arabia〉 1962
39. 하워드 혹스 〈스카페이스 Scarface〉 1932
40. 하워드 혹스 〈히스 걸 프라이데이 His Girl Friday〉 1940
41. 프랜시스 포드 코폴라 〈대부 The Godfather〉 1972
42. 김지운 〈밀정〉 2016
43. 아슈토시 고와리케르 〈라간: 옛날 옛적 인도에서 Lagaan: Once Upon a Time in India〉 2001

44. 압바스 키아로스타미 〈체리 향기 Taste of Cherry〉 1997
45. 진 켈리, 스탠리 도넌 〈사랑은 비를 타고 Singin' in the Rain〉 1952
46. 지가 베르토프 〈카메라를 든 사나이 Man with a Movie Camera/ Человек с Киноаппаратом〉 1929
47. 쿠엔틴 타란티노 〈바스터즈: 거친 녀석들 Inglourious Basterds〉 2009
48. 홍상수 〈그 후〉 2017
49. 빌리 와일더 〈뜨거운 것이 좋아 Some Like It Hot〉 1959
50. 찰리 채플린 〈위대한 독재자 The Great Dictator〉 1940, 〈이민자 The Immigrant〉 1917, 〈키드 The Kid〉 1921, 〈황금광 시대 The Gold Rush〉 1925, 〈시티 라이트 City Lights〉 1931, 〈모던 타임즈 Modern Times〉 1936

노혜진

1998년 한국영화 세일즈사 미로비젼을 시작으로 부산국제영화제 공동제작 마켓, 영화진흥위원회 해외진흥부, CJ 엔터테인먼트 글로벌 프로젝트 TF팀 프로듀서 등을 거쳐서 2005년부터 영국에서 발간되는 『스크린 인터내셔널』 한국 통신원으로 일함. 2008년부터 현재까지 아시아 부국장 겸직. 2012년 한국기자협회 외신기자상 수상. 2013년부터 로테르담 국제영화제 Q&A팀에서 사회자 겸 통역자로 일함. 그 외 영화제에서도 사회자나 심사위원으로 불러주기도 하는데 2018년 도쿄 필름엑스 심사위원으로 참가한 것이 즐거웠던 일례다. 이 책은 학교 후배랑 얘기하면서 일시적 판단능력 장애로 내게 됐는데 그림은 좋다.

정우열

만화가, 일러스트레이터. '올드독'이라는 캐릭터로 여러 매체에 그림을 그렸다. 『올드독』, 『올드독의 영화노트』, 『언젠가 세상은 영화가 될 것이다』(공저), 『올드독의 제주일기』, 『올드독, 날마다 그림』, 『올드독의 맛있는 제주일기』 등의 책을 냈다.

블로그 olddog.kr
인스타그램 @olddog

이지영

일러스트레이터. 『시사IN』에 그림을 연재하고 있다. 『문학의 오늘』, 『제로의 초점』, 『노래는 허공에 거는 덧없는 주문』 등 여러 잡지와 단행본을 포함해 광고, 영상, 전시 등 다양한 작업을 했다.

블로그 http://blog.daum.net/corola
인스타그램 @yo_que_se_pakito

망작들 2 : 당신의 영화를 살 수 없는 이유

1판 1쇄 인쇄 2019년 2월 15일
1판 1쇄 발행 2019년 2월 22일

지은이 노혜진
그린이 정우열 이지영
펴낸이 채세진
디자인 김서영

펴낸곳 꿈꾼문고
등록 2017년 2월 24일 · 제2017-000049호
주소 04031 서울시 마포구 동교로 156-13, 4층 502호
전화 (02) 336-0237
팩스 (02) 336-0238
전자우편 kumkunbooks@naver.com
블로그 blog.naver.com/kumkunbooks 페이스북 /kumkunbks 트위터 @kumkunbooks

ISBN 979-11-961736-6-1 (04800)
979-11-961736-3-0 (세트)

이 도서의 국립중앙도서관 출판예정도서목록(CIP)은 서지정보유통지원시스템 홈페이지(http://seoji.nl.go.kr)와
국가자료공동목록시스템(http://www.nl.go.kr/kolisnet)에서 이용하실 수 있습니다.(CIP제어번호 : CIP2019005069)

RETURN
TO
SENDER